I0530972

LE MIROIR VÉNITIEN

Du même auteur

Romans adulte :

Le pouvoir de Flamen

Halloween chez Audrey

La revanche du léopard *(à paraître…)*

Romans jeunesse :

Une citrouille vraiment effrayante

Enlèvement au collège

Un fantôme dans le métro

Jeu de piste macabre dans le 6ème

Série Halloween chez Justine :

1 - Loups-garous, vampires et autres monstres…

2 - L'attaque du monstre gluant

3 - Debout les morts !

4 - Croisière sans retour

5 - Le manoir de la mort

6 - Une momie dans les catacombes

7 - Un château en Transylvanie

Album :

Le lapin qui grossissait

Nouvelles :

La gare qui n'existait pas

Le secret de l'échiquier

Le moulin aux fées

Le miroir vénitien

Meurtres à la pleine lune

Plus que la fortune

Le projet R.H.

Joël VERBAUWHEDE

LE MIROIR VÉNITIEN

Retrouvez l'auteur sur Internet :
editionsmondesparalleles.free.fr

Illustrations de couverture : Joël Verbauwhede
(Images utilisées libres de droits)
© 2020 Éditions Mondes Parallèles
2018 Joël Verbauwhede, tous droits réservés
ISBN 978-2-37830-014-2

Le miroir vénitien

Bastien aimait faire les brocantes. On y trouvait tout et n'importe quoi, des vieilleries bonnes pour la poubelle comme d'anciennes œuvres d'art de grand prix. C'est ainsi que par un froid matin d'octobre, Bastien dénicha le miroir. Haut de près d'un mètre pour cinquante centimètres de largeur, ses dorures étaient écaillées et il était couvert de taches, mais c'était manifestement un objet ancien.

Le vendeur lui assura qu'il provenait de Venise, en Italie. D'après le précédent propriétaire qui les avait fait analyser, les nombreuses traces brunes sur le verre et le cadre étaient des taches de sang datant de plusieurs siècles. Un meurtre avait peut-être été commis juste devant ce miroir !

Peu superstitieux, Bastien acheta le miroir et le ramena chez lui. Après l'avoir nettoyé soigneusement, il l'accrocha dans sa chambre au-dessus de sa table de chevet.

Au milieu de la nuit, Bastien fut réveillé par un léger murmure et une lueur blanchâtre qui semblaient provenir du miroir. Se frottant les yeux pour être sûr qu'il ne rêvait pas, il s'assit sur son lit et leva les yeux vers le miroir.

Là où aurait dû se trouver son reflet, une femme brune sanglotait. Elle portait une longue robe qui semblait sortir d'un musée de la Renaissance.

Essuyant ses larmes, elle regarda vers Bastien sans paraître le voir et murmura doucement en italien :

— Maître Léonard, vous m'aviez dit que ce miroir me permettrait de trouver les réponses à toutes ces questions qui me hantent, mais il ne reflète que mon désespoir...

Bastien suivait des études de langues et parlait assez bien l'italien. Il eut tout de même du mal à comprendre ce qu'elle avait dit car elle s'exprimait dans un italien curieusement archaïque.

Apparemment, la jeune femme ne voyait que son propre reflet dans le miroir. Bastien s'approcha et dit à voix haute dans la même langue :

— Est-ce que vous m'entendez ?

L'effet de ses paroles fut immédiat : poussant un cri, la jeune femme se tourna avec affolement dans toutes les directions, hésitant visiblement entre prendre la fuite et appeler de l'aide. Elle choisit finalement de perdre connaissance.

Son image disparut du miroir qui refléta de nouveau le visage de Bastien. Certain d'avoir rêvé, il se recoucha.

Mais la nuit suivante, il fut de nouveau réveillé par un murmure et une lueur provenant du miroir. Cette fois encore, la jeune femme pleurait.

Bastien murmura alors avec douceur :

— N'ayez pas peur, je ne vous veux aucun mal.

À grand peine, la femme parvint à se maîtriser et demanda d'une voix légèrement tremblante :

— Qui êtes-vous ? Et où êtes-vous ?

Gardant un moment le silence, le jeune homme répondit finalement :

— Je m'appelle Bastien. Je crois que je suis… de l'autre côté de votre miroir.

— Je ne comprends pas, comment est-ce possible ? Vous travaillez pour Léonard ? C'est lui qui vous envoie pour m'aider ?

— Léonard ?

— Oui, Léonard de Vinci, vous le connaissez, non ?

— Bien sûr, c'est un grand artiste et aussi un homme de science de génie. C'est lui qui a fabriqué ce miroir ?

— Oui, il me l'a offert à la mort de mes parents en me promettant qu'il m'aiderait.

Craignant de comprendre ce qu'impliquaient ces paroles, Bastien réfléchit, puis déclara :

— Je veux bien essayer de vous aider, mais vous devez d'abord me faire confiance et répondre à mes questions.

Un peu interloquée, l'Italienne hocha cependant la tête.

Le jeune homme lui demanda alors :

— Quel est votre nom ?

— Julia Furini.

— Où êtes-vous ?

— Mais… dans ma chambre, au palais Furini, s'étonna-t-elle.

— Ne vous étonnez de rien et répondez ! la brusqua Bastien avec excitation. Dans quelle ville êtes-vous ?

— Mais à Venise, bien sûr !

— Venise, en Italie, j'aurais dû m'en douter, murmura Bastien pour lui-même. En quelle année sommes-nous ?

— En 1481, le premier novembre. Mais pourquoi toutes ces questions ? Et pourquoi parlez-vous si mal italien ?

— Ce serait trop long à expliquer. Racontez-moi vos problèmes, je n'aime pas voir une jolie femme pleurer. J'essaierai de vous aider.

— Vous voulez dire que vous me voyez, monsieur Bastien ? Mais je dois être affreuse !

Elle entreprit alors de se rendre plus présentable avec le poudrier et la brosse à cheveux qui se trouvaient devant son miroir. Retenant un soupir agacé devant la futilité de la jeune femme, Bastien ne put qu'admirer le résultat : Julia Furini était vraiment belle. Dommage qu'elle vive plus de cinq siècles avant sa naissance !

— Et maintenant, si vous me racontiez vos soucis ?

— Mes parents ont été tués l'an dernier, me laissant seule avec cet immense palais à entretenir. Sans l'argent que gagnait mon père, il m'est impossible de payer tous les frais. Je vais perdre cette demeure où plusieurs générations de Furini ont vécu, à moins...

Elle s'interrompit, embarrassée, et Bastien l'encouragea :

— À moins...

— À moins que j'accepte d'épouser Tonio Marconi. Il est riche et pourra entretenir le palais, mais je ne l'aime pas. Lorsqu'il me faisait la cour, il s'est mal conduit et mon père l'a mis à la porte. Il avait alors juré que ce serait moi qui ensuite le supplierai de revenir. Je pense qu'il a assassiné mes parents, mais je ne peux pas le prouver. Si seulement je pouvais retrouver la fortune de mon arrière-grand-père... Il était très riche, on raconte qu'il a caché son or quelque part dans le palais. Mon grand-père, mon père et moi-même l'avons cherché sans rien trouver.

Ennuyé, Bastien soupira.

— Je ne vois pas comment vous aider. En tout cas, vous n'allez pas épouser ce Tonio que vous soupçonnez d'avoir tué vos parents, j'espère ?

— Je ne sais pas. Les créanciers vont revenir demain. Je ne pourrai pas les payer, que vais-je leur dire ? Tonio est le seul à vouloir m'aider. Venise est pleine de belles jeunes filles nobles prêtes à se marier. J'ai repoussé trop de soupirants lors des soirées données par mes parents. À présent que je croule sous les dettes, plus aucun gentilhomme honorable ne s'intéressera à moi.

— Faites patienter vos créanciers, je vais tenter de vous aider. Je vais m'absenter quatre ou cinq jours pour faire des recherches sur votre aïeul. Attendez mon retour avant d'accepter d'épouser Tonio.

— D'accord, Bastien. Je vous fais confiance.

Dès le lendemain, Bastien fit des recherches sur Internet sur les Furini de Venise, mais rien de ce qu'il obtint ne concernait la famille de Julia. Il courut donc dans une agence de voyage pour réserver le prochain vol pour Venise. En milieu d'après-midi, son avion décollait.

Quelques heures plus tard, il atterrissait à l'aéroport Marco-Polo de Venise. Un bus l'amena à la gare routière sur la piazzale Roma, puis il dut encore prendre le vaporetto, une sorte de « bateau-bus », pour se rendre à la place Saint-Marc près de laquelle il avait réservé une chambre d'hôtel.

La bibliothèque nationale Marciana contenait de nombreuses archives et des manuscrits vieux de plusieurs siècles. Prétendant être un étudiant en histoire préparant une thèse, Bastien sympathisa avec l'un des employés. Celui-ci s'ennuyait à la surveillance des archives et offrit de l'aider dans ses recherches.

Aucun palais vénitien ne portait plus le nom de Furini. Craignant qu'il ait été détruit depuis le quinzième siècle, Bastien persévéra cependant. Il fallut plusieurs heures de recherches aux deux hommes pour découvrir finalement que le palais Furini avait changé de nom en 1482. Il s'appelait depuis lors le palais Marconi.

L'employé indiqua à Bastien son emplacement sur un plan de Venise et lui révéla que les descendants de la famille Marconi le faisaient visiter.

Bastien se rendit donc au palais Marconi. Il déboursa huit euros pour la visite, s'extasiant sur les meubles anciens et les dorures. Mais ce fut l'histoire de la famille Marconi qui le passionna le plus.

Elle remontait au quinzième siècle, à la fin de l'année 1481, lorsque Tonio Marconi avait épousé Julia Furini. Il avait retrouvé dans les murs de la bâtisse un trésor caché par l'un des Furini. En voyant tout cet or, sa femme avait perdu la raison et s'était suicidée.

Peu convaincu par le suicide de Julia, Bastien demanda alors au guide où était caché le trésor.

Il le lui montra complaisamment :

— Dans la bibliothèque, derrière cette cheminée. Tonio Marconi a brisé le mur, puis l'a fait reconstruire.

— Il connaissait donc l'emplacement du trésor… murmura Bastien pour lui-même. Étrange… Comment pouvait-il le savoir ?

Ayant appris ce qu'il désirait, le jeune homme rentra à son hôtel. Le lendemain matin, il régla la note et retourna à l'aéroport Marco-Polo, pensant prendre le prochain vol pour la France. Hélas une grève des bagagistes le bloqua à l'aéroport de Venise. Après avoir passé trois jours à tourner en rond comme un lion en cage, il put finalement prendre son avion, mais le délai qu'il avait demandé à Julia était écoulé… Le soir venu, il était de retour chez lui et regardait pensivement le miroir vénitien.

— Tonio va épouser Julia, lui prendre l'or de son aïeul et son palais, puis il la tuera. Comment empêcher ça ? Je peux prévenir Julia, mais peut-on changer le passé ?

C'est avec une grande impatience que Bastien attendit devant le miroir, angoissé à la pensée que le lien entre lui et Julia était peut-être coupé. Il fut donc soulagé en voyant le miroir s'éclairer d'une lueur blafarde et le visage de la jeune Italienne remplacer le sien.

Mais elle n'était pas seule.

Un homme de haute taille, l'allure antipathique, se tenait derrière elle et lui parlait :

— Qu'avez-vous à fixer ainsi ce miroir, Julia ? Vous savez que je veux vous épouser depuis longtemps. Je pourrai entretenir votre palais et prendre soin de vous. Depuis la mort de vos parents, le palais Furini n'intéresse plus personne !

Voyant que la jeune femme hochait la tête et était sur le point d'accepter la proposition de Marconi, Bastien s'écria :

— Ne l'écoutez pas, Julia ! Il sait où est caché l'or de votre arrière-grand-père, c'est pour ça qu'il veut vous épouser. Après vous l'avoir volé, il vous tuera !

Abasourdi, Tonio Marconi cria :

— Qui est là ? Où êtes-vous ?

Julia Furini réagit avec violence, se jetant sur Tonio pour le frapper.

— Assassin ! C'est pour ça que tu as tué mes parents, pour cet or ? Mais tu n'auras rien, jamais je ne t'épouserai !

Parvenant à grand peine à maîtriser la jeune femme, le soupirant éconduit ricana.

— Ma grand-mère était servante chez ton arrière-grand-père. Elle l'a vu reboucher le trou où il cachait son magot et ton cher ancêtre l'a mise à la porte. Depuis que mon père m'a raconté cette histoire, je brûle de venger cet affront. Oui, j'ai tué tes parents et je t'aurais ensuite épousée, petite sotte, obtenant légalement la fortune des Furini.

Sortant un long poignard de son manteau, Marconi eut un rictus menaçant. Il semblait avoir oublié l'intervention de Bastien qui regardait la scène en se demandant comment venir en aide à la jeune femme.

— Mais puisque tu as tout découvert, je vais donc devoir te tuer. Ensuite, je pillerai tranquillement la cachette de ton aïeul. C'est dommage, j'aurais aimé garder ton palais, mais après tout je pourrai toujours le racheter à tes créanciers.

— Tu ne t'en tireras pas ! s'écria Julia en reculant vers le miroir. Ton crime sera châtié !

— J'ai bien tué tes parents sans être inquiété ! C'est ton tour de mourir à présent !

Il s'avança sur sa victime tremblante, passant devant le miroir.

Incapable de se cantonner à un rôle d'observateur, Bastien prit appui sur sa table de chevet sous le miroir pour plonger sur le meurtrier en hurlant :

— Non !

Il y eut un éclair de lumière et le jeune homme tomba sur Marconi, l'entraînant dans sa chute.

Abasourdi, il réalisa alors qu'il avait traversé le miroir, pénétrant dans l'époque de Julia, dans le passé !

Tonio Marconi mit à profit l'instant de surprise de Bastien pour le repousser en lui portant un coup de poignard au bras. La douleur et le sang coulant abondamment de la profonde blessure rendirent ses esprits au jeune homme.

Il comprit qu'il devait se battre, non seulement pour sauver Julia, mais aussi pour sa propre vie !

Il parvint à saisir le bras armé de son adversaire et les deux hommes luttèrent un moment pour le contrôle du poignard. Donnant un coup de poing sur le bras blessé de Bastien, Tonio l'obligea à lâcher prise. Il allait lui porter un nouveau coup lorsqu'un oreiller le frappa dans le dos. Julia n'avait trouvé que ce projectile dérisoire à lancer sur Marconi, mais la surprise fit tourner la tête du tueur.

Bastien agrippa alors à deux mains le col de la veste de Tonio et, se jetant en arrière en lançant sa jambe entre celles de son adversaire, il lui porta une magistrale prise de judo qui l'envoya percuter violemment le mur.

Tonio Marconi retomba sur le ventre avec un gémissement assourdi.

Il se redressa en titubant, le couteau planté dans la poitrine. Il arracha la lame d'un geste brusque, maculant le mur et le miroir d'une traînée sanglante.

Bastien s'était relevé lui aussi, se plaçant devant la jeune femme pour la protéger. Tonio s'avança en levant le poignard pour frapper de haut en bas.

Après six ans de pratique intensive du judo, les réflexes de Bastien étaient conditionnés. Il eut à peine conscience de pivoter pour glisser son épaule sous le bras armé tout en tendant l'une de ses jambes derrière celles de Marconi. Agrippant son bras, il se lança en avant et projeta son adversaire au sol de toutes ses forces.

Bastien se jeta sur le bras de Tonio pour le lui retourner afin de l'obliger à lâcher le couteau, mais son agresseur n'était plus en état de se battre. En plus de la profonde blessure au ventre, Marconi s'était fracassé le crâne sur les durs pavés de la chambre de Julia. Son regard haineux se voila et il expira, mort !

Lâchant à son tour le poignard, le jeune homme se tourna vers Julia en portant la main à son bras couvert de sang.

Elle se précipita en s'écriant :

— Monsieur Bastien, vous êtes blessé !

— Ce n'est rien… la rassura le jeune homme avant de perdre connaissance et de s'écrouler.

Quand il revint à lui, il était allongé dans un lit et un médecin achevait de bander son bras en rassurant Julia qui était à son chevet.

— Il a perdu beaucoup de sang, mais il vivra. Il devra cependant garder le lit pendant quelques jours.

— Et Tonio Marconi ? s'inquiéta Bastien.

— Votre agresseur ? Il est bien mort ! le rassura le médecin. Ne vous en faites pas, je m'occupe de prévenir les autorités. Vous êtes courageux, jeune homme, pour avoir ainsi risqué votre vie pour sauver mademoiselle Furini.

Un peu plus tard, seul avec Julia, Bastien lui parla de son monde, lui racontant comment il avait trouvé le miroir.

La voyant le regard dans le vague, il sourit :

— Bien sûr, c'est difficile à admettre et je ne t'en voudrai pas si tu ne me crois pas.

— Si, je te crois, Bastien. Je t'ai vu surgir du miroir pour me sauver alors que je me croyais perdue. Je t'ai vu faire à Tonio ces prises étranges qui l'ont battu…

— C'est du judo, sourit Bastien. Ça sera inventé dans environ quatre siècles.

— Je te crois quand tu dis que tu viens du futur, quand tu me parles de toutes les choses étranges et merveilleuses de ton monde. Tu vas y retourner, n'est-ce pas ?

— Mais… il le faut, Julia.

La jeune femme se rembrunit mais se tut, n'osant avouer ce qu'elle ressentait.

Quelques jours plus tard, Bastien accompagnait Julia dans la bibliothèque, armé d'une masse. Il l'utilisa pour fracasser le mur du fond de la cheminée, dévoilant une cachette remplie de pièces d'or.

— Voilà le trésor de ton arrière-grand-père. Tu es maintenant une femme riche, Julia. Tu peux remercier les descendants de Marconi, c'est grâce à eux que j'ai su où chercher. Mais j'ai modifié le futur en tuant Tonio, ces gens ne doivent même plus exister à mon époque !

Avec incrédulité, Julia Furini commença à faire l'inventaire du contenu de la cache. Les richesses qu'elle contenait allaient sauver le palais Furini et lui assurer une vie confortable pour le restant de ses jours. Elle eut une pensée émue pour son aïeul qui avait construit sa fortune en commerçant avec les bateaux à voile venant des Indes.

Lorsqu'elle se retourna, Bastien n'était plus là. Lâchant les pièces d'or qui roulèrent à terre, elle se précipita dans sa chambre, retrouvant le jeune homme devant le miroir.

— Ça ne marche apparemment pas dans ce sens-là, murmurait Bastien pour lui-même en frappant le miroir du plat de la main. Je suis coincé dans cette époque !

Lui posant la main sur l'épaule, Julia Furini murmura :

— Je suis désolée que tu ne puisses plus rentrer chez toi. Mais tu voulais partir sans même me dire adieu ?

— Pardonne-moi, Julia. C'est vrai que c'était impoli de ma part. Mais maintenant que Marconi est mort et que tu es riche, tu n'as plus besoin de moi.

— Sans cet argent, tu… tu serais resté ?

Hochant la tête, Bastien murmura dans un souffle :

— Oui, sans cette fortune, j'aurais peut-être osé te demander…

Les yeux brillants, Julia s'écria :

— Tu as trouvé cet or, la moitié te revient de droit, Bastien. Tu m'as sauvé la vie et tu as châtié l'assassin de mes parents. Que pourrais-tu hésiter à me demander ?

Se raclant la gorge, le jeune homme la regarda dans les yeux et dit :

— Julia… en te voyant sur le point de mourir dans mon miroir, ça m'a fait un tel choc que je ne peux plus ignorer les sentiments que tu éveilles dans mon cœur. C'est sans doute un peu trop précipité, mais… accepterais-tu de m'épouser ?

— Oui, j'en serais heureuse… murmura-t-elle en se blottissant dans ses bras.

Quelques mois plus tard, pendant le voyage de noces de Bastien et Julia, le palais Furini fut cambriolé. Plusieurs œuvres d'art de grande valeur furent volées, y compris le miroir fabriqué par Léonard de Vinci.

Julia voulut prévenir les autorités et engager des enquêteurs pour retrouver le miroir, mais Bastien l'en dissuada :

— Non, surtout pas ! Il fallait que ce miroir disparaisse. Dans cinq siècles, le Bastien du futur le trouvera dans une brocante…

À toi, lecteur…

Cette histoire t'a plu ? Alors n'hésite pas à envoyer un commentaire à la boutique où tu te l'es procurée. Tu peux aussi écrire à l'auteur à joel.verbauwhede@free.fr pour lui donner ton avis et être averti de ses prochaines publications.

L'auteur

Depuis son plus jeune âge, Joël Verbauwhede est un passionné de lecture, avec une attirance particulière pour le fantastique et la science-fiction. À l'université, il se lance dans l'écriture d'histoires mêlant le fantastique, les arts martiaux et le romantisme. Une seule règle : le nom du héros doit commencer par J...

Parallèlement à son métier d'enseignant de mathématiques, il obtient plusieurs prix littéraires pour ses écrits. Certaines de ses nouvelles sont publiées dans des recueils ou des magazines et un roman de science-fiction parait aux éditions Mille Poètes.

En 2017, il publie ses textes sur Amazon et crée son site Internet. L'enseignement lui a fait prendre conscience du grand nombre d'enfants et d'adolescents dyslexiques pour qui la lecture est difficile, et qui n'ont que peu de livres qui leur sont accessibles. Habitué à adapter ses cours pour ses élèves dyslexiques, il lui a semblé essentiel d'en faire autant pour ses romans jeunesse qui existent ainsi en version « dys ».

Auteur indépendant, il diversifie son activité en publiant ses ouvrages en version numérique pour le kindle d'Amazon, sur Kobo et Fnac.com, puis sur Apple Books et Google Play.

Il crée en 2020 les éditions Mondes Parallèles en s'imposant une ligne éditoriale stricte : chaque œuvre qu'il publiera (jeunesse ou adultes) sera disponible en version « dys », en format broché comme en ebook.

PETITS ROMANS JEUNESSE
Une citrouille vraiment effrayante
Petit roman jeunesse à partir de 9 ans (HORREUR)

Pour la fête d'Halloween, Delphine et ses copines ont fabriqué une citrouille qu'elles ont appelée Jacques-la-Lanterne. Déguisées en sorcières, elles l'emmènent à la chasse aux bonbons dans les rues de leur village.

Mais l'un des enfants casse la cloche d'une vieille dame. Elle se fâche et lance un mauvais sort sur la citrouille.

Jacques-la-Lanterne prend vie et commence à dévorer les habitants du village les uns après les autres…

Série Halloween chez Justine
1 - Loups-garous, vampires et autres monstres…
Petit roman jeunesse à partir de 11 ans (HORREUR)

Collégienne de sixième, Justine ne parvient pas à faire son devoir de maths le soir d'Halloween, elle appelle donc son camarade Nathan à son secours. Par bravade, elle crie par la fenêtre : « Loups-garous, vampires et autres monstres, venez tous fêter Halloween chez Justine ! »

Mais quand Nathan se transforme en un redoutable fauve et que trois loups-garous et un vampire répondent à son invitation, Justine réalise qu'elle a commis une grave erreur…

2 - L'attaque du monstre gluant
Petit roman jeunesse à partir de 11 ans (HORREUR)

Collégienne de cinquième, Justine invite son copain Nathan à passer la soirée d'Halloween avec elle, mais lui fait promettre de ne pas se transformer comme l'année précédente. Elle a loué le DVD d'un film d'horreur en relief : *L'attaque du monstre gluant*.

Mais quand la créature sort de sa télé pour les dévorer, Justine réalise qu'elle a commis une grave erreur…

3 - Debout les morts !
Petit roman jeunesse à partir de 12 ans (HORREUR)

Collégien de quatrième, Nathan invite son amie Justine chez lui pour Halloween, espérant ainsi briser la malédiction qui poursuit la jeune fille. Il a cependant négligé de lui dire qu'il habite juste derrière un cimetière. Si elle l'avait su, elle aurait sans doute évité de plaisanter en disant : « Debout les morts ! »

Quand les morts sortent de leurs tombes, Justine réalise qu'elle a commis une grave erreur…

4 - Croisière sans retour
Petit roman jeunesse à partir de 12 ans (HORREUR)

Collégienne de troisième, Justine s'est fâchée avec son ami Nathan qui perdait le contrôle de ses transformations. Invitée à fêter Halloween sur un voilier avec quelques amis, elle accepte tout de même de l'emmener sous sa forme de panthère. La soirée aurait pu bien se dérouler si l'un des convives n'avait pas raconté une histoire de monstre marin…

Grave erreur ! Il n'en fallait pas davantage pour que le kraken s'invite à la fête avec quelques requins…

5 - Le manoir de la mort
Petit roman jeunesse à partir de 13 ans (HORREUR)

Lycéenne de seconde, Justine a perdu goût à la vie après la disparition tragique de son ami Nathan. Quand Thomas l'invite à un « Escape Game » dans un vieux manoir le soir d'Halloween, elle ne se fait pas d'illusions : ce sera encore une soirée agitée.

Mais quand les participants du jeu meurent tour à tour, victimes de pièges vicieux, elle comprend qu'elle a commis une nouvelle erreur…

6 - Une momie dans les catacombes

Petit roman jeunesse à partir de 13 ans (HORREUR)

Lycéenne de première, Justine reçoit un paquet qu'elle croit envoyé par son petit ami Nathan. En l'ouvrant sans méfiance, elle se fait piquer par un scorpion venimeux. S'engage alors une course contre la montre pour récupérer l'antidote aux mains d'une momie dans les catacombes.

Facile avec Nathan, le garçon-panthère expert en arts martiaux ? Erreur ! Car la momie a amené quelques araignées géantes…

7 - Un château en Transylvanie

Petit roman jeunesse à partir de 13 ans (HORREUR)

Lycéenne de terminale, Justine hérite d'un château en Transylvanie. Comme son compagnon Nathan, elle se dit que ça sent le piège ! Mais les papiers du notaire sont officiels et ils décident de s'y rendre.

Quand ils constatent que l'ancien propriétaire n'est pas aussi mort qu'il aurait dû l'être et que le château est truffé de vampires, loups-garous et autres monstres, ils réalisent qu'ils ont peut-être commis leur dernière erreur…

ROMANS JEUNESSE
Enlèvement au collège
Roman jeunesse à partir de 11 ans (POLICIER)

En cinquième au collège Simone de Beauvoir, Julien et son ami Luan ont invité Anaïs et Lisa, les sœurs jumelles de leur classe, à faire une randonnée en VTT sur le Plateau de Vitrolles. Le petit groupe assiste à la chute d'une météorite dans laquelle Julien découvre un étrange cristal vert.

Au collège, le garçon donne le cristal à Anaïs. Quelqu'un remarque la pierre et décide de s'en emparer. L'une des sœurs est enlevée au beau milieu du collège ! Mais le ravisseur ne s'est-il pas trompé de jumelle ?

Un fantôme dans le métro
Roman jeunesse à partir de 11 ans (FANTASTIQUE)

Juliette Perrault était une élève ordinaire d'un collège marseillais, jusqu'au jour où elle tomba devant un métro. Elle se crut perdue mais fut sauvée par un étrange garçon, Stéphane, qu'elle vit périr à sa place. Elle semblait la seule à l'avoir vu.

Juliette découvrira que Stéphane est le fantôme d'un lycéen mort trente ans plus tôt. Pour lui venir en aide, elle n'hésitera pas à explorer les souterrains du métro de Marseille et à participer à un dangereux tournoi d'arts martiaux qui pourrait la conduire jusqu'en Chine…

Jeu de piste macabre dans le 6ème
Roman jeunesse à partir de 12 ans (POLICIER)

Mathieu et Mathilde Lavil (surnommés « Matt & Matic ») sont deux jeunes policiers stagiaires affectés au commissariat du sixième arrondissement de Marseille.

Dès leur premier jour, une lettre anonyme les lance sur la piste d'un dangereux meurtrier qui met la police au défi d'empêcher ses crimes !

Serez-vous capable de mettre vos compétences mathématiques de 6ème en pratique pour mener l'enquête et arrêter le coupable ?

ROMANS
Le pouvoir de Flamen
Roman (SCIENCE-FICTION)

Jeff Stone, pilote du cargo *Phénix*, est en train de boire dans un bar de la station spatiale XG34 quand surgit Flamen, une jeune fille pourchassée par de mystérieux agresseurs. Le pilote s'interpose et c'est le début d'une poursuite implacable à travers la galaxie.

D'affrontements spatiaux en combats au pistolaser, Stone et Flamen perceront-ils le mystère entourant la naissance de la jeune fille ?

Halloween chez Audrey
Remarque : ce roman est la version adulte de la série jeunesse « Halloween chez Justine »

Roman (BIT-LIT / HORREUR)

« Loups-garous, vampires et autres monstres, venez tous fêter Halloween chez Audrey ! ». La jeune fille n'aurait jamais dû crier ça par sa fenêtre le soir du 31 octobre… Son ami Jack se transforme en panthère, puis trois loups-garous et un vampire répondent à son invitation !

Les années suivantes, un monstre gluant, des zombis et le kraken viendront tour à tour chez eux. Les soirées d'Halloween de Jack et Audrey ne seront pas de tout repos…

Le cycle d'Atlantis
La revanche du léopard
Roman (BIT-LIT / SCIENCE-FICTION)

Julie Dunoyer assiste à une fusillade aux abords de sa propriété dans la forêt de Fontainebleau. Elle porte secours au fugitif blessé réfugié dans son jardin et découvre avec stupeur une créature mi-humaine mi-animale.

Victime de manipulations génétiques menées par des scientifiques néonazis, Lucas a été à demi transformé en léopard. Quand les nazis retrouvent sa trace et que sa nouvelle amie est en danger, l'homme-léopard sort ses griffes !

À paraître...

ALBUM
Le lapin qui grossissait
Album à partir de 6 ans (FANTASTIQUE)

Pour ses sept ans, Louane reçoit un petit lapin. Elle le nomme Juju. Il est si petit que la fillette décide de lui donner le médicament qu'elle prend pour sa croissance. Peu à peu, le lapin grossit, à la grande joie de sa petite maîtresse.

Mais Juju ne s'arrête pas de grandir. Quand il devient aussi gros que la voiture de son papa, les ennuis commencent…

NOUVELLES

Le secret de l'échiquier

Nouvelle à partir de 12 ans (POLICIER)

Jérôme Duval voudrait bien épouser Solange de L., mais son père s'oppose à cette union car Jérôme pourrait bien être le fils d'Arsène Lupin.

Relevant le défi du baron de L., le jeune homme découvrira-t-il le secret de l'échiquier ?

La gare qui n'existait pas

Nouvelle à partir de 13 ans (FANTASTIQUE)

Jean-Paul pensait avoir manqué sa station de RER et est descendu par erreur à la gare qui n'existait pas. Il y rencontre Victoria, une jeune fille morte dans un accident quelques années auparavant.

Jean-Paul voudrait bien aider ce fantôme, mais cela n'est pas sans danger. Car si la mort les sépare, elle pourrait bien également les réunir…

Le moulin aux fées

Nouvelle à partir de 10 ans (FANTASTIQUE)

Pour Romain et Mélanie, les vacances s'annoncent mal. Leurs parents les ont envoyés à la ferme chez leur oncle pour pouvoir se disputer tranquillement et organiser leur divorce.

Heureusement, derrière la ferme se trouve un moulin abandonné où se produisent d'étranges apparitions. Est-ce vraiment une fée qu'ils ont aperçue ?

Meurtres à la pleine lune

Nouvelle à partir de 15 ans (POLICIER)

Inspecteur à la criminelle, Jeremy Torquier l'avait bien dit devant le premier cadavre éventré : il y en aurait d'autres ! Mais il ne s'attendait pas à ce que la victime suivante soit sa propre fiancée.

S'il croyait stopper ainsi l'enquête de Torquier, le tueur en série se trompait lourdement !

Le miroir vénitien
Nouvelle à partir de 12 ans (FANTASTIQUE)
Quand Bastien déniche un miroir vénitien dans une brocante, il ignore encore qu'il lui permettra d'entrer en contact avec Julia, une noble italienne vivant au quinzième siècle.

Apprenant le destin tragique de la jeune femme, une question tourmente Bastien : peut-on changer le passé ?

Le projet R.H.
Nouvelle à partir de 14 ans (SCIENCE-FICTION)
Lors d'une manifestation anti-robots, Annabelle est blessée et conduite à l'hôpital par Jorgun Watts, un ingénieur roboticien travaillant pour la CybCod.

Les médecins estiment Watts qui a mis au point un microbot chirurgical, mais son ami journaliste Stefan Yort lui amène l'invention de l'ingénieur, un instrument de torture ! La jeune femme veut alors revoir Watts pour en apprendre davantage.

Mais en cherchant la vérité, on prend le risque de découvrir plus qu'on ne le voudrait...

Plus que la fortune
Nouvelle à partir de 13 ans (SCIENCE-FICTION)
Quand Lana débarque sur la planète Exovène, elle est bien décidée à faire fortune comme les autres prospecteurs. Malgré les dangers et les avertissements, elle s'obstine.

Une planète minière instable n'est pas un endroit très hospitalier, mais on y trouve parfois plus que la fortune...

Dépôt légal : mai 2018
Imprimé à la demande par KDP